ABAILARD

A

HÉLOÏSE.

ABAILARD

A

HÉLOÏSE.

A AMSTERDAM,

M. DCC. LIX.

AVERTISSEMENT.

CETTE Réponſe a couru manuſcrite dans le tems de la Lettre d'HÉLOÏSE : comme j'avois été prévenu, je ne la fis point imprimer. M. Fréron, à qui je la communiquai, en donna ſeulement un extrait dans ſes Feuilles.

Je céde aujourd'hui aux inſtances de mes amis, qui me conſeillent de la faire paroître. On trouvera peut-être dans cette Piéce des idées un peu hardies ; mais il faut les pardonner à l'amour déſeſperé D'ABAILARD ; il vient de recevoir de ſa Maîtreſſe une Lettre paſſionnée, qui lui rappelle ſon état, ſes malheurs : ſes feux ſe rallument alors avec d'autant plus de force qu'il ſe ſent incapable de les ſatisfaire ; il s'échappe, il eſt vrai ; mais tout ce qu'il dit part d'une ame enflammée, & non d'un cœur corrompu. Ce sont des transports dont il n'est pas le maître, & que tous les hommes, dans sa situation, ont sans doute éprouvés. C'est d'après cela que j'ai hazardé quelques traits ; je les déments d'avance, s'ils peuvent paroître dangereux, & je prie les personnes qui me liront de ne point juger avec une froide malignité le langage brûlant de la passion, qui ne connoît point de frein, & dont les écarts sont presque toûjours excusables.

ABAILARD

A

HÉLOÏSE.

ABAILARD est occupé dans sa retraite à des Lectures Sacrées, à l'instant qu'il reçoit la Lettre D'HÉLOÏSE.

O UVRONS.... c'est d'HÉLOÏSE... ah! Ciel! ô jour heureux! Cette lettre, ces traits ont rallumé mes feux.

Loin de moi, Livres Saints, obscurs dépositaires,

Où notre Foi s'égare au milieu des Mysteres :

Vos sombres vérités, qu'on adore en tremblant,

Ne peuvent dissiper les ennuis d'un Amant.

A iiij

Jufques dans votre fein, le doute m'environne,
Vous montrez le bonheur, Héloïse le donne.

Me trompai-je! que vois-je! & que dois-je penfer!
Entre le Ciel & moi peut-elle balancer?
Le Ciel met donc le comble à ma fureur jaloufe!
Il m'arrache à moi-même, il ravit mon époufe!
Héloïse, peux-tu rougir de tes tranfports!
Quoi! ton ardeur n'a point confumé tes remords!
Chere Amante, crois-moi, ton Dieu, ce Dieu
    terrible
Ne peut point regner feul fur un ame fenfible.
Pourroit-il s'offenfer d'un impuiffant défir,
Lui dont le fouffle pur enfanta le plaifir?
Ne confulte que toi, ta flamme eft légitime,
Il n'eft point de vertus, fi l'amour eft un crime.
Sur l'Univers entier jette un moment les yeux;
Animé par l'amour, l'Univers eft heureux.
Ce doux frémiffement, cette brûlante ivreffe,
Qu'on éprouve en preffant le fein de fa Maîtreffe,
Eft un tribut tacite, un hommage enchanteur,
Que l'homme annéanti rend à fon Créateur.
A de vains préjugés, ceffe d'être foumife :
Qu'Abailard foit ton Dieu, le mien eft
    Héloïse.

Oüi, fidéle moitié d'un malheureux Amant,

Je t'aime, & mon amour s'accroit par mon tourment;

Malgré le Ciel & moi, je brûle au fond de l'ame :

Dans un corps tout glacé je porte un cœur de flamme;

» Et je rassemble en moi, par un contraste affreux,

» La vie & le néant, la froideur & les feux.

» Est-ce-là ce mortel dont l'ardeur dévorante

» Se rallumoit sans cesse aux yeux de son Amante,

« Et qui plein d'un amour, accrû par les desirs,

» Sçut t'en prouver l'excès, par l'excès des plaisirs?

» Je me meurs.... C'est en vain, que bornant sa
　　　　» vengeance,

» Le Ciel me fait jouir d'un reste d'existence.

» Ménagemens cruels autant que superflus!

» J'existe pour sentir que je n'existe plus.

» O mort, m'as-tu frappé, sans pouvoir me détruire?

» L'homme est anéanti dans l'homme qui respire;

» Et de l'humanité ce qui survit en moi,

» * Fait rougir la nature & la remplit d'effroi.

---

* Les Vers marqués par des guillemets, sont de M. Co-
lardeau. Il avoit commencé une Réponse d'Abailard, qu'il a
malheureusement abandonnée. Il s'est ressouvenu de cette
belle tirade, dont il m'a permis de faire usage, & que j'ai
liée à ma Piéce le mieux qu'il m'a été possible. Je sçais que

Devrois-je faire, hélas ! un aveu qui t'offenfe ?

Que veux-tu ? Je t'adore, & n'ai plus d'efpérance.

Ah ! pardonne aux tranfports d'un Amant furieux ;

Mes defirs font encore étinceler mes yeux.

Le fer qui m'a laiffé cette trifte reffource,

De la nature en moi n'a pû tarir la fource ;

ABAILARD, plein de toi, même aux pieds de
de l'Autel ,

Te jure, en foupirant, un amour immortel.

Ainfi, toujours en proie à ce combat funefte,

Je vois s'évanouir des jours que je détefte.

Victime de la mort, dans ces fombres réduits,

Je dévore en fecret ma rage & mes ennuis.

Tels des feux refferrez au centre de la terre,

Dans ces abîmes fourds', font gronder leur tonnerre,

Se confument enfin par leurs propres ardeurs,

Et s'exhalent dans l'air en ftériles vapeurs.

Je te dirai bien plus : vois quelle eft ma foibleffe,

---

la comparaifon ne me fera pas favorable , & que ce morceau
fera regretter que tout ne foit pas de la même main ; mais je
me flatte au moins que le Public me fçaura bon gré d'avoir
dérobé de fi bons vers, à l'oubli, auquel leur Auteur le
avoit condamnés.

J'en rougis… Accablé du poids de ma tristesse,

Je m'applaudis souvent de regner dans ces lieux, *

Où la nature souffre & s'immole à mes yeux;

J'appésantis le joug de mes jeunes victimes;

Mon triste désespoir les punit de mes crimes;

Leur enviant un bien dont je ne puis jouir,

Je me venge en secret, je vois avec plaisir

Sur leurs fronts abbatus, dans leurs regards avides,

La pale austérité graver ses traits livides ;

Et de ces malheureux sans cesse environné,

Je me trouve plus calme, & moins infortuné.

Tu frémis, je le vois : cette peinture horrible

Porte le coup mortel à ton ame sensible….

J'en atteste le Ciel, si je vivois pour toi,

Mes sermens & mes vœux ne seroient rien pour

moi.

Que dis-je! L'Univers n'a plus rien qui me touche.

Ah! vaut-il un baiser imprimé sur ta bouche?

Quand je vis de mes jours s'éteindre le flambeau,

Ton Dieu fut mon azile aux portes du tombeau.

Qu'aurois-je fait alors? Tes yeux pleins de tendresse,

---

* Les Moines de l'Abbaye de Ruis l'élurent pour Supérieur.

Par des larmes fembloient accufer ma foibleffe :
Il falloit t'éviter ; ce nouveau culte, hélas !
Dût fixer un Amant arraché de tes bras :
Mais qu'il eft languiffant, & qu'il laiffe de vuide
Dans ce cœur enflammé, que l'amour rend perfide ?

La nature pour moi n'eft qu'un défert affreux
Où le jour à regret éclaire un malheureux.
Sur les plus beaux objets ma vuë appéfantie,
Etend le voile épais dont elle eft obfcurcie,
Jufques dans le repos, ton image me fuit :
Je foupire le jour, & je brûle la nuit ;
Et quand je croi faifir, embraffer ce que j'aime,
A mes regards confus, je difparois moi-même.
Cette nuit même encore, un fonge féducteur
Avoit rempli mes fens de leur premiere ardeur :
J'expirois fur ton fein, & mon ame enivrée
Erroit avec tranfport fur ta bouche adorée.
O douce illufion ! O funefte réveil !
Mon bonheur s'eft enfui fur l'aîle du fommeil.
Jettant les yeux fur moi, j'ai détefté tes charmes ;
Ils ont fait mes plaifirs, ils font couler mes larmes.
Quel état ! & pourquoi, rappellant mes malheurs,
Vais-je renouveller le fujet de tes pleurs ?

Retrace-toi plutôt ce moment de ma gloire,
Où l'amour, malgré toi, m'accorda la victoire.
L'Astre du jour baissoit : un vent paisible & frais
Ranimoit la verdure & l'ombre des forêts :
Ma main sous un berceau te conduisit tremblante,
J'entendis soupirer ta vertu chancelante.
Le feu de mes regards te peignoit le desir,
J'apperçus dans les tiens le signal du plaisir…
Je volai dans tes bras, & soudain nos deux ames,
De l'amour satisfait épuiserent les flames.
Quels transports redoublés, hélas ! t'en souviens-tu,
ABAILARD triomphoit dans ton cœur combattu ?
Ta voix éteinte en vain me reprochoit mon crime :
J'embrasois de mes feux ma mourante victime :
La foudre auroit grondé, je n'entendois plus rien,
Heureux par mon transport, plus heureux par le tien.

Si j'étois près de toi, chere Amante, ah ! peut-être
Tu pourrois d'un regard ressusciter mon être.
Dans tes yeux je verrois briller un nouveau jour,
La nature obéit aux ordres de l'amour ;
Je te verrois au moins, contente d'un vain songe,
Te prêter aux efforts d'un pénible mensonge….

Hé bien, dût l'Eternel s'élever contre moi,

Je romps tous mes liens, & je vole vers toi.

Toi seule de mon cœur tu peux remplir l'abîme :

Si mon amour te plaît, je le crois légitime.

Rien ne peut m'arrêter, HÉLOÏSE m'attend :

Je mourrai dans ses bras, & je mourrai content ;

D'une Religion aussi triste qu'austere,

Je suis las de traîner la chaine involontaire,

Accablé de mes fers, sous le joug abatu ;

Dans le vil esclavage il n'est point de vertu ;

En vain s'ouvre à mes yeux un avenir céleste,

Le Ciel est dans les tiens, que m'importe le reste ?

Je reverrai ces lieux, par mon zéle élevés,

A l'innocence ouverts, par tes soins cultivés ;

Ces lieux où la vertu, fiere de son supplice,

S'impose le tourment & la peine du vice.

Oüi, je puis de tes soins soulager le fardeau,

Diriger de tes Sœurs le timide troupeau,

Ecarter les dangers que leur ame redoute,

Et du triste devoir leur applanir la route.

Dans ce réduit obscur, séjour du repentir,

Elles verront briller les rayons du plaisir.

Malheureux ! à ce mot je fens croître ma rage.

Puis-je réalifer une fi douce image ?

Moi , j'irois dans des lieux où d'innocens appas

Livreroient à mon cœur d'inutiles combats ;

La beauté gémiffante affiegeroit fans ceffe ,

Sans ceffe irriteroit ma honteufe foibleffe ;

Je reverrois l'objet des plus tendres amours ,

Et fans jamais jouir , je brûlerois toujours.

Ah ! tout fuiroit plutôt un mortel déplorable ,

Que le defir dévore , & que fon être accable ,

Et toi-même , évitant la trace de mes pas ,

Détefterois l'amour expirant dans mes bras.

Sous un chêne , brifé par les coups du tonnerre ,

Voit-on fe repofer la timide Bergere ?

Voit-on dans la prairie un effain attaché

Sur le pavot mourant où le lys deffeché ?

Non , non , chaffons enfin cet efpoir inutile ,

Rentrons dans le néant , il eft mon feul azile.

Adieu , chere HÉLOÏSE , appaife tes douleurs :

Vas , goûte le plaifir & laiffe-moi les pleurs :

ABAILARD , des Amants , fut toujours le plus

    tendre ;

Mais quand l'Amant n'eſt plus , adore - on ſa
    cendre ?
D'un mortel malheureux éteins le ſouvenir ,
Je n'exige de toi que ton dernier ſoupir.

F I N.